古利和古拉去远足

[日] 中川李枝子 著　[日] 山胁百合子 绘　季颖 译

北京联合出版公司

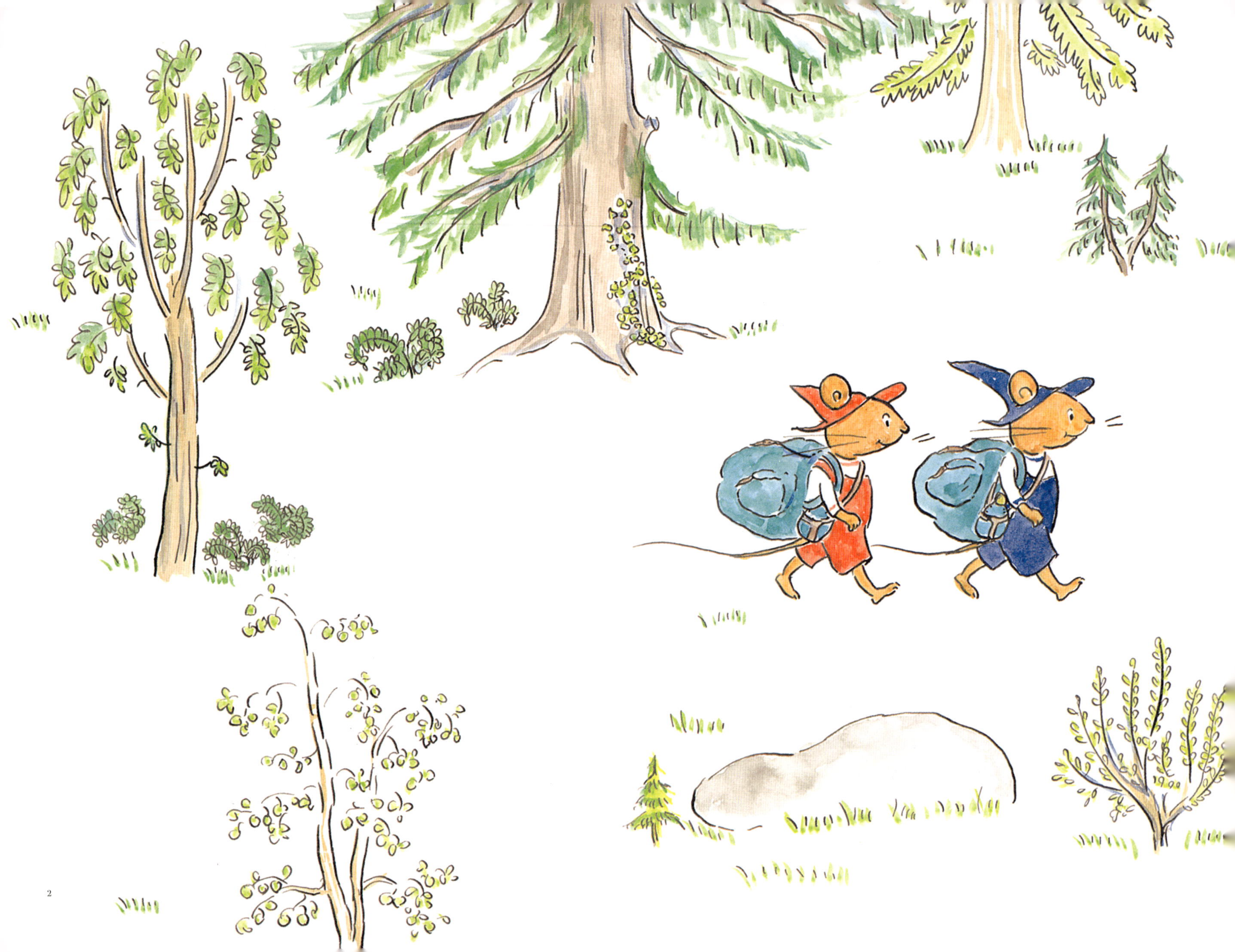

肩背旅行包,身挎小水壶,
田鼠古利和古拉穿过树林向原野走去。
他们一边走,一边唱:

背包再重也不怕

古利和古拉

好吃的东西包中装

远足乐哈哈

古利　古拉　古利　古拉

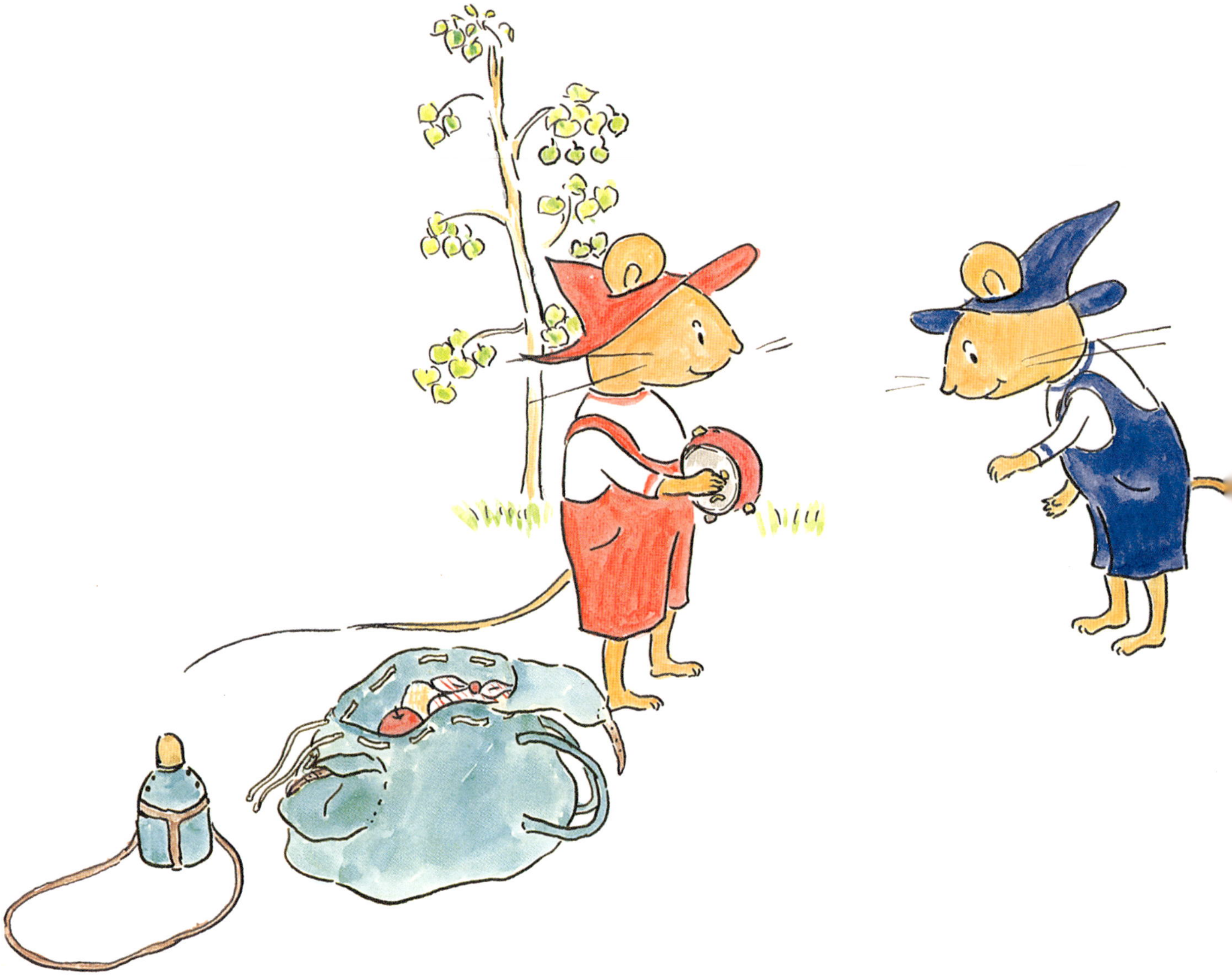

古利和古拉把身上背着的东西放到草地上,伸了伸腰,呼吸着新鲜的空气。

"啊,太舒服了。"

古利说:"闹钟定好了吃午饭的时间,这会儿该响了吧?"

"我来看看。"古拉从背包里拿出闹钟来。

"离响铃还早呢。刚十点。"

"那,咱们做会儿体操吧。"

"一、二、三、四……"古利和古拉在蓝天下做起体操来。

可是,做了半天也没到中午。

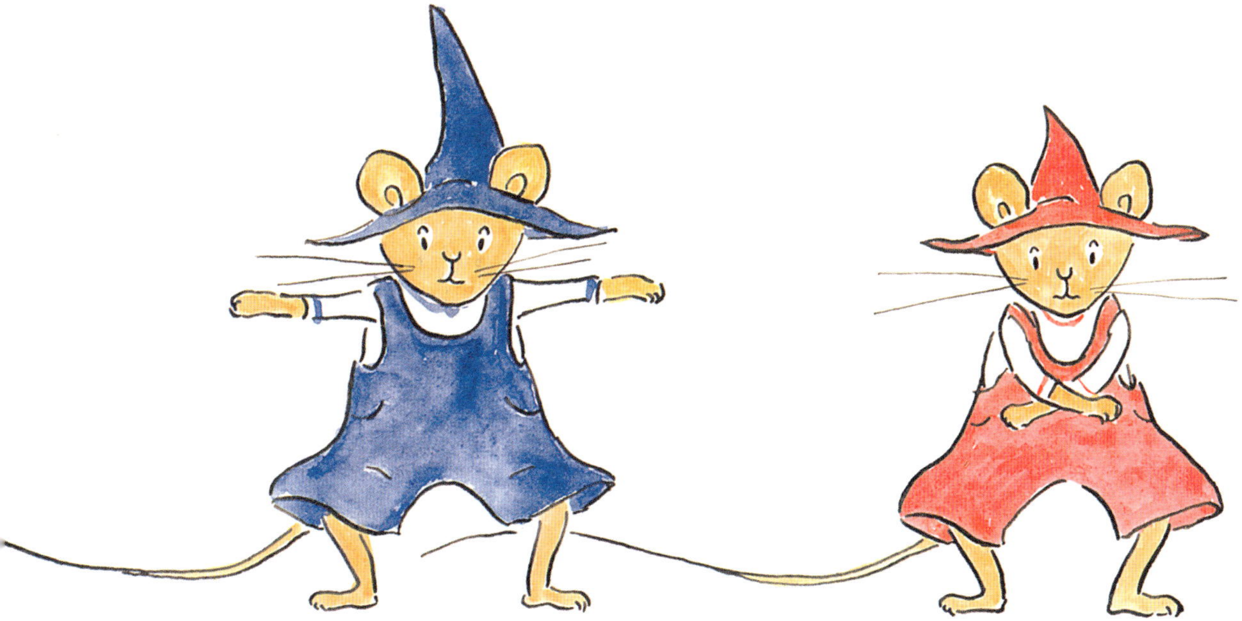

"要不,咱们跑马拉松吧。"
"好,围着原野跑一圈儿。"
"预备,跑!"古利和古拉跑起来。

跑　跑　古利和古拉

荆棘丛　蜘蛛网　全不在话下

跳过去

迈过去

拨到两旁去

跑　跑　古利和古拉

古利　古拉　古利　古拉

可是——

突然，古利跌倒了，
古拉也跌倒了。

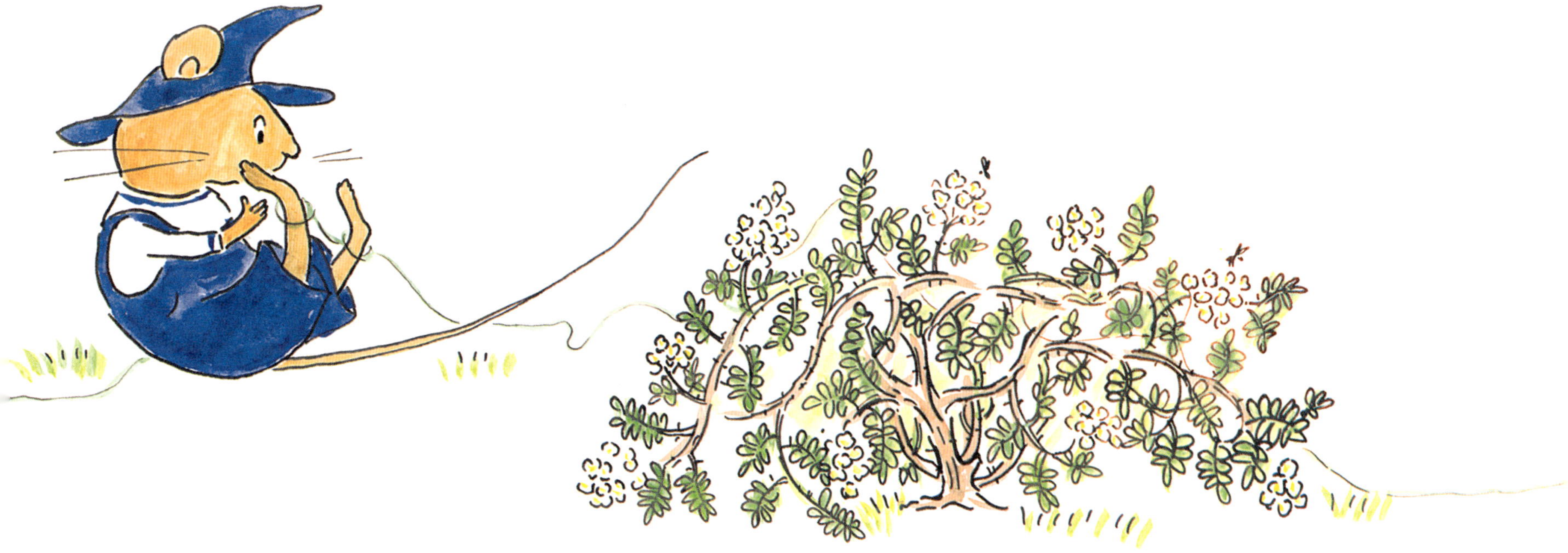

"我还以为是蜘蛛网呢。这是……"
"我还以为是草呢。这是……"
"毛线!"
古利和古拉解开缠在脚上的毛线。
"瞧,毛线是钩在那边荆棘丛上的。"

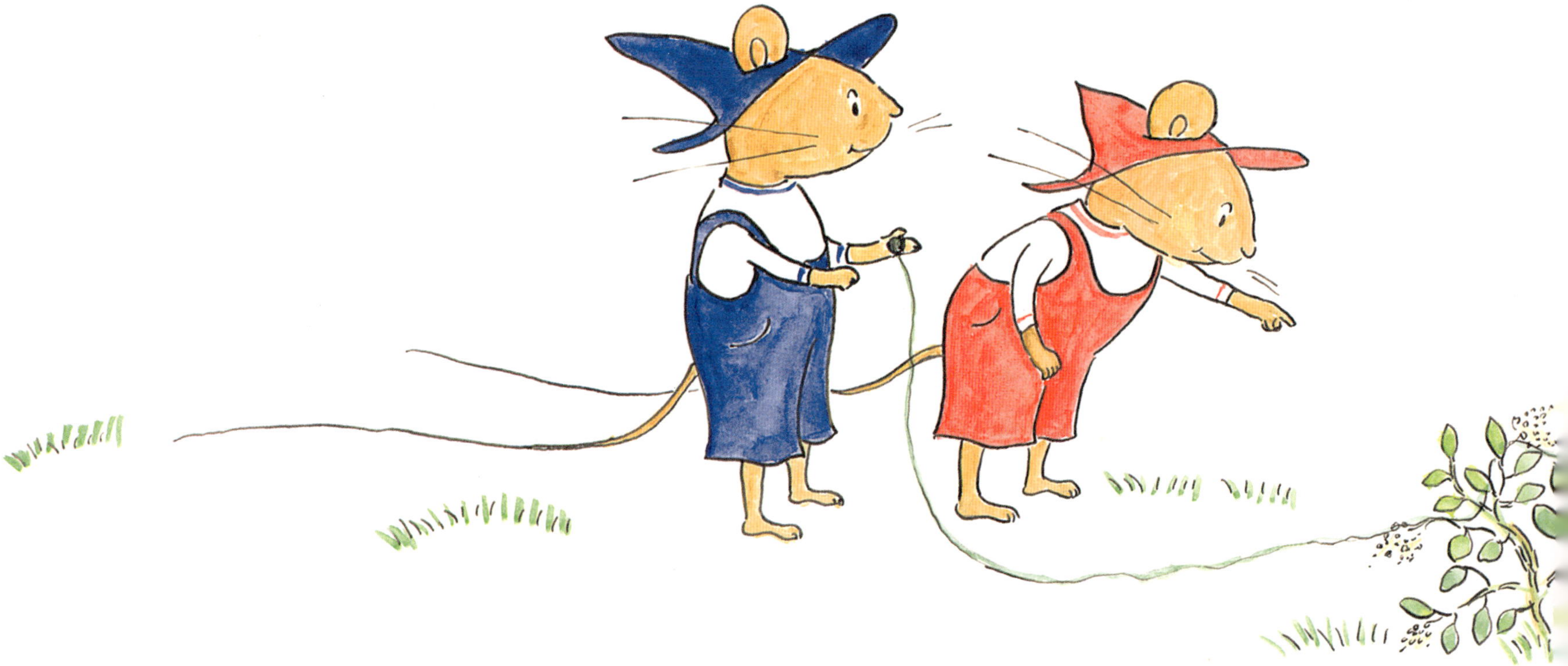

古利把毛线缠起来，缠成了一个豌豆大点儿的小团。

"这毛线会通到哪儿去呢？"古利说。

古拉说："一直通到那边。全缠起来肯定能缠成一个球。"

古利和古拉轮着缠毛线，一边缠一边往前走。

他们穿过原野,翻过山坡,毛线球越缠越大。
"都拿不动了,放在地上滚吧。"

别撒手呀　推啊推啊

别摔倒呀　嗨哟嗨

不怕累呀　古利古拉

跟着线走　坚持到底

古利　古拉　古利　古拉

又爬上了一个山坡，山上是一片树林。

树林对面有一幢房子。

古利和古拉推着毛线球进了屋子。
他们穿过厨房——

21

22

终于停了下来。

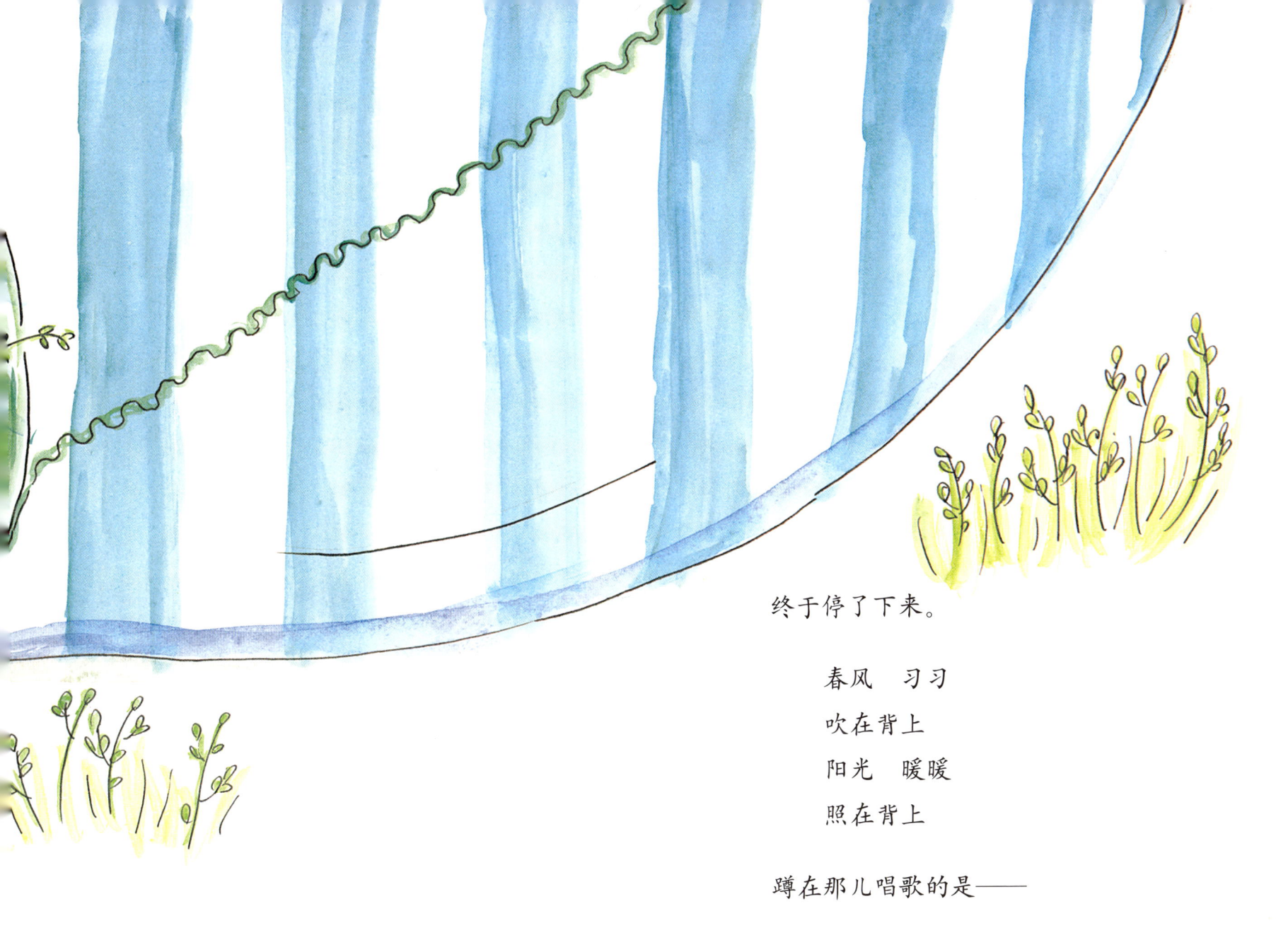

春风　习习
吹在背上
阳光　暖暖
照在背上

蹲在那儿唱歌的是——

住在这幢房子里的熊!

熊正在栽他从原野上刨来的木莓。
哎呀,熊动一下,
毛线就噌噌地拉长一截。
"别动!毛背心脱线啦。"
古利和古拉急忙喊。
"哎?"熊被突然
而来的喊声
吓了一跳,
一屁股坐到地上。

"熊大哥,你毛背心上的线,
在原野上被荆棘钩住了吧?"
"我们缠着线找到你这儿来了。"
"哎呀,我一点儿都没发觉。谢谢你们。"
熊把只剩下半截的毛背心脱下来,说:
"春风习习,阳光暖暖,光着背可真舒服。"
"我们跑马拉松来着。
你也跟我们一块儿到原野上去吧!"

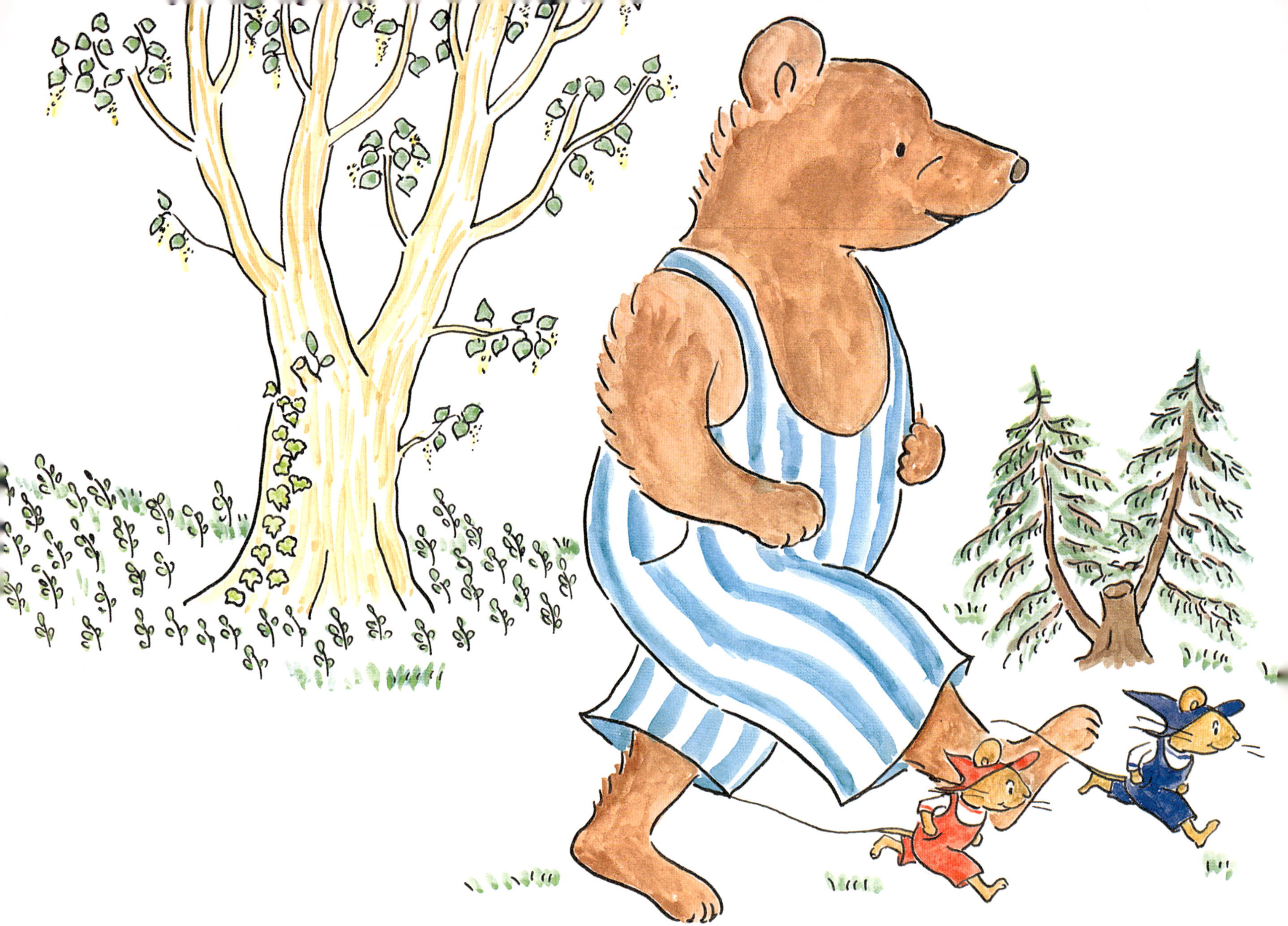

"好。"

熊也和两只田鼠一起,

唱着"古利古拉、古利古拉"跑了起来。

他们跑下山坡,又爬上另一个山坡,

下了这个山坡，就回到了原野上。

这时候，**"铃铃铃……"** 闹钟响了。

"到中午啦！"

"哈！吃饭喽。熊大哥，也有你的份儿。我们带来的东西可多了。"

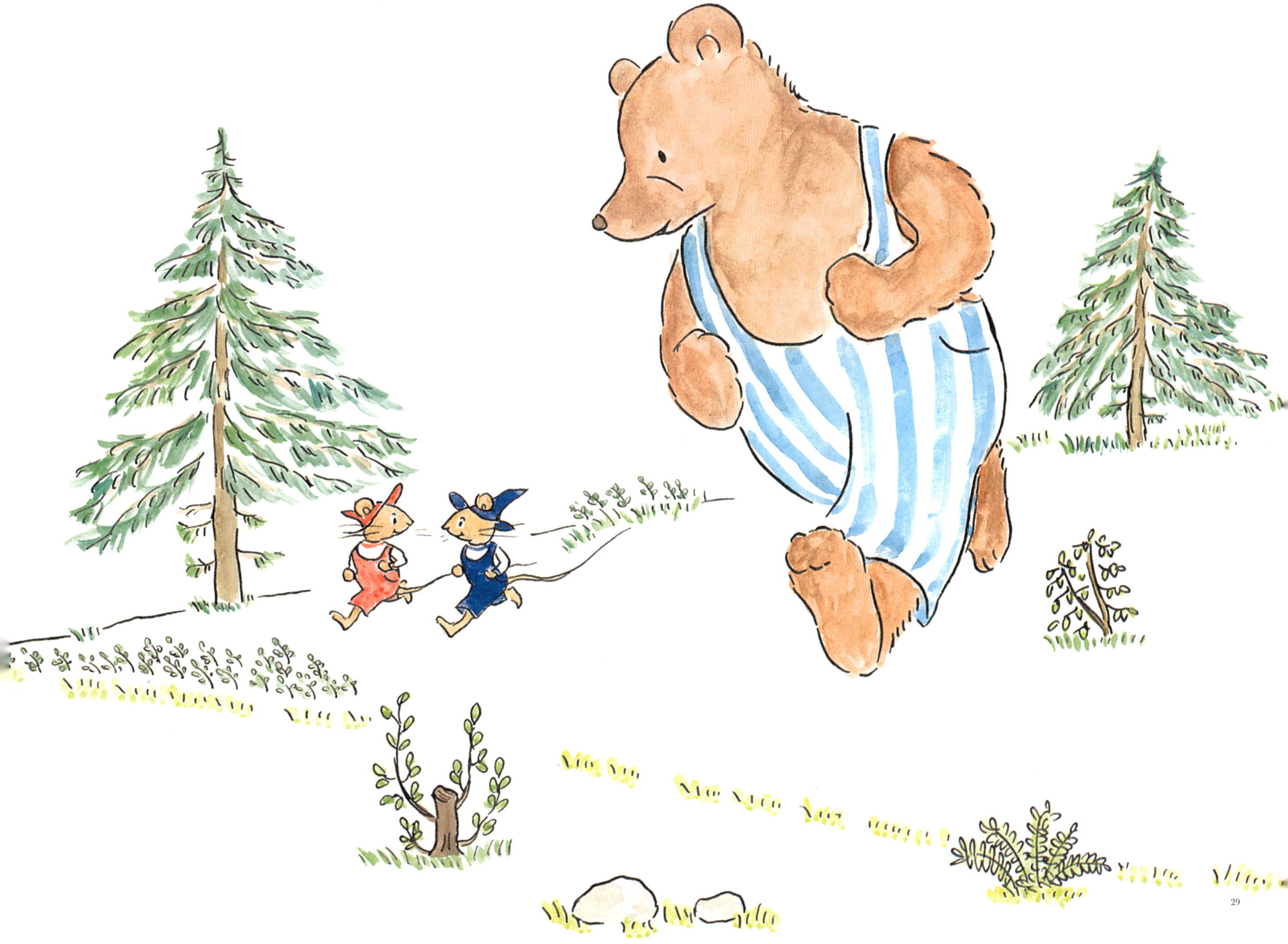

古利、古拉和熊坐在原野正中央吃起午餐来，把肚子吃得饱饱的。

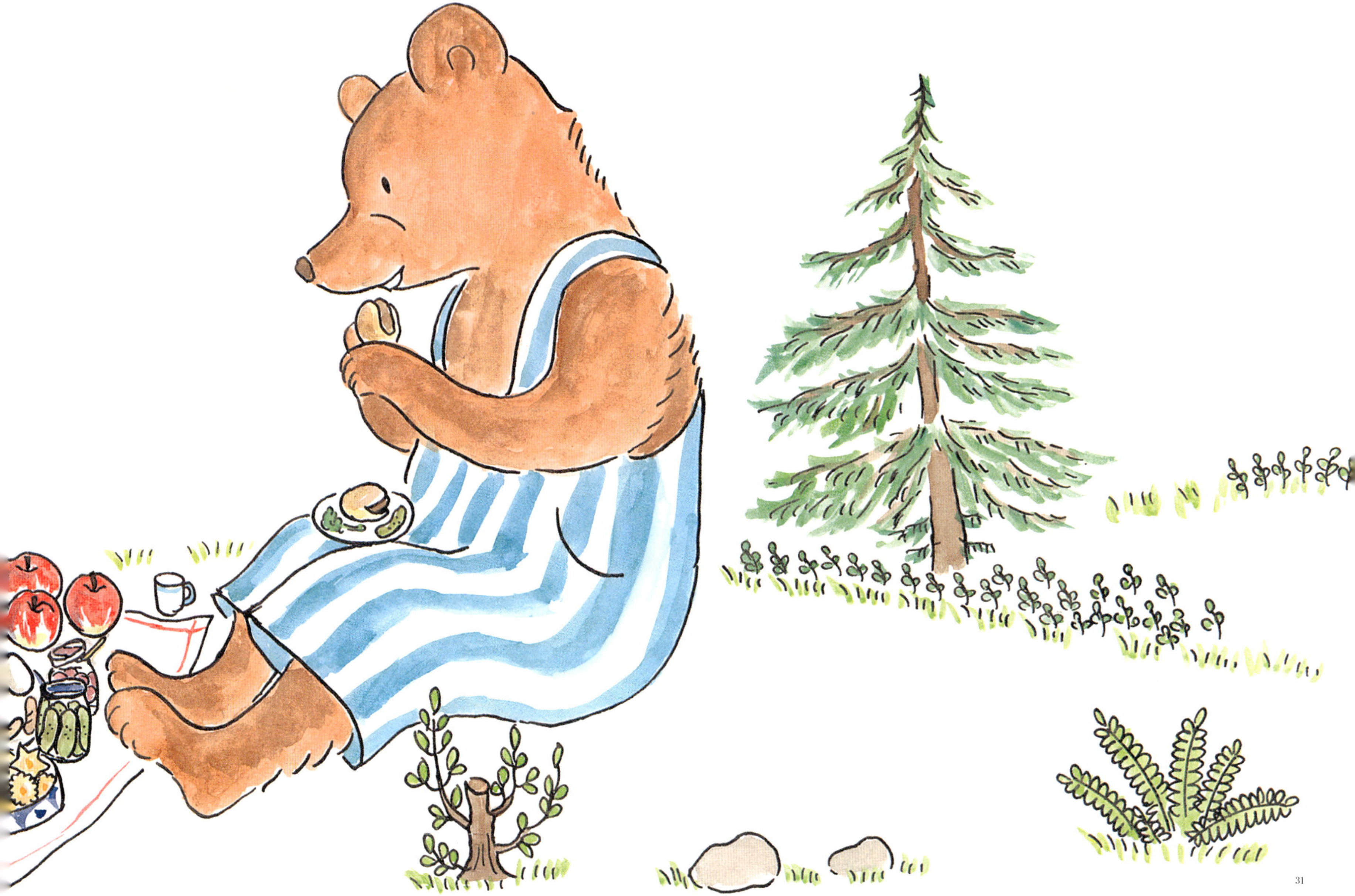

32

北京市版权局著作权合同登记 图字：01-2020-2402

GURI TO GURA NO ENSOKU (Guri and Gura Go on a Picnic)
Text © Rieko Nakagawa 1979
Illustrations © Yuriko Yamawaki 1979
Originally published in Japan in 1979 by FUKUINKAN SHOTEN PUBLISHERS, INC..
Simplified Chinese translation rights arranged with FUKUINKAN SHOTEN PUBLISHERS, INC., TOKYO.
through DAIKOUSHA INC., KAWAGOE.
All rights reserved.